Jean Galot SJ . Maria

Jean Galot SJ

Maria

Johannes-Verlag Leutesdorf

Achte Auflage 1993

Mit kirchlicher Druckerlaubnis

Die Übersetzung des Originaltextes „Prières à Notre Dame“ besorgte Maria-Petra Desaing OSU, Ahrweiler

Gesamtherstellung: Druckerei des Johannesbundes e.V.
D-56599 Leutesdorf am Rhein

ISBN 3-7794-0649-7

Zu beziehen durch die *KSM*
Katholische Schriften-Mission, D-56599 Leutesdorf
Telefon: (0 26 31) 9 76-1 92, Telefax: (0 26 31) 9 76-2 50

Maria

Sei gegrüßt! Staunend und ehrfürchtig hat Gott selbst dich in Nazaret durch seinen Boten gegrüßt.

Mit dem gleichen verhaltenen und frohen Jubel möchte auch ich dich grüßen wie der Engel Gabriel:

mit allen Menschen, die dich seither so gegrüßt haben;

mit Elisabet, die der Heilige Geist erfüllte, als sie dich erblickte;

mit Jesus, deinem Sohn, der dich auf Erden so oft gegrüßt hat, ehe er dich bei deiner Aufnahme in den Himmel empfing;

mit den Engeln, die sich vor dir neigen;

mit den Heiligen, die vor lauter Glück, dich im Himmel zu schauen, ein ewiges „Ave" singen;

mit der ganzen Kirche, die im Rosenkranz das Flehen zahlloser Menschen zu dir aufsteigen läßt;

mit allen Menschen, die in diesem Augenblick dich als ihre geliebte Mutter grüßen.

In dieser Harmonie soll meine schwache Stimme aufgehen und dich mit allen frohlockend grüßen.

Maria, sei gegrüßt! Mein ganzes Sein soll dich ehren mit diesem Gruß im Himmel und auf Erden.

Liebende Betrachtung

Jesus, als liebender Sohn hast du die Jungfrau Maria in der Verborgenheit zu Nazaret ständig geschaut. Deine Augen entdeckten immer wieder Neues an ihr. Du wurdest nicht müde, sie staunend zu betrachten und aus ganzem Herzen zu lieben.

Hilf uns, so deine Mutter zu betrachten, jeden Tag ihre Reinheit und Heiligkeit neu zu entdecken und uns ergreifen zu lassen von ihrer innerlichen, geistigen Schönheit.

Gib uns Augen, die diese gnadenhafte Schönheit sehen; sie ist so einfach, tief, so gerade und liebend. Mach, daß ihr Bild sich durch unsere Betrachtung tief einprägt.

Laß uns Maria so betrachten, daß unser Herz sich umwandelt:
daß ihre Heiligkeit uns lehrt, für Gott allein zu leben;
daß ihre Reinheit uns Abscheu vor jeder Sünde einflößt;

daß ihre Güte uns geduldig, verstehend und hochherzig macht;
daß ihre Liebe uns zur Ganzhingabe an Gott und den Nächsten drängt.

Heiliger Josef

Du bist der Bräutigam der Jungfrau Maria. Lehre uns, sie zu betrachten, wie du sie geschaut hast: mit deiner Ehrfurcht, deiner Bewunderung, deiner Liebe.

Du hast ihre schönen Anlagen immer neu entdeckt, dich immer neu an ihnen gefreut: Hilf uns, die Heiligste Jungfrau richtig zu betrachten, um ihre unvergleichliche Vollkommenheit zu entdecken.

Maria war zurückgezogen, schweigsam und verborgen; du mußtest in inniger Vertrautheit mit ihr leben, um ihren Adel schätzenzulernen: Führe auch uns in diese Vertrautheit mit ihr ein und hilf uns, die unsagbare Heiligkeit der Jungfrau, ihr großmütiges Verhalten und ihre übernatürliche Liebenswürdigkeit zu verstehen.

Wir möchten verstehen, wie groß Maria ist und ihre Gegenwart spüren. Darum bewahre uns in der Reinheit, die du selbst zur

Verherrlichung Gottes und für deine Braut unversehrt bewahrt hast. Möge unser Blick immer gerade, unser Herz immer rein sein! Dann können wir eins werden mit der unbefleckten Jungfrau.

Weihe

Reinste Jungfrau Maria

Du bist meine Mutter.
Ich weihe mich dir und lege mein ganzes Leben in deine Hände. Ich liefere mich dir ganz aus: Nimm mich an und präge mich nach Gottes heiligen Absichten.

Forme mich durch deine Heiligkeit und bilde mich nach dem Ideal deines Sohnes.

Ich möchte ganz Gott gehören; darum weihe ich mich dir in kindlicher Liebe. Mein Wesen möchte mit dem Herrn verbunden sein.

Ich stelle mich mit dieser Weihe bewußt auf deinen Weg, den Weg der sich maßlos verschenkenden Liebe. Jeden Verzicht, den er mir auferlegt, nehme ich im voraus an. Ich verspreche dir, mich mit Gottes Gnade nicht über die Forderungen der uneingeschränkten Hingabe zu beklagen. Gern will ich die Opfer bringen, die der Herr von mir verlangt.

Ich rechne mit der Freude, die du mir für jede Hochherzigkeit schenken wirst. Dann wird meine Weihe mich in der erquickenden Atmosphäre deiner Liebe zur vollen Entfaltung führen.

Heilige Mutter

Wenn ich mich dir in unwiderruflicher Hingabe darbringe, dann vertraue ich dir alles an, was ich habe und bin, alles, was der Herr mir gegeben:

meinen Verstand, damit er wie der deine erfüllt wird von dem Geheimnis Christi, in dem ich alles verstehe;

meinen Willen, damit er sich auf Gott allein richte, auf das Gute, und allen Ablenkungen und Versuchungen standhaft widersteht;

mein Herz, damit es maßlos, aufrichtig, hochherzig und ohne Selbstsucht liebt;

meinen Leib und meine Sinne, damit sie sich in Reinheit bewahren und mir helfen, mich zum Herrn zu erheben;

meine Freiheit, damit Leidenschaft sie nicht versklavt, sondern wählt, was Gott will und ihm gefällt;

meine Sorgen und Befürchtungen, damit ich sie trage, weil ich um die wachsame Güte des Vaters weiß;

meine Wünsche und Hoffnungen, weil sie erfüllt werden, wenn ich sie ausschließlich auf den Herrn richte;

meine Leiden und Freuden, damit sie durch das Leid und die Freude des Erlösers verklärt werden.

Die Geheimnisse Mariens

Unbefleckte Jungfrau

In den Augen Gottes bist du ganz schön, das vollkommenste und heiligste aller Geschöpfe.

Nicht ein Schatten von Makel hat dein Inneres verdunkelt; vergebens ließ die Wut der Hölle sich an deiner Reinheit aus.

Du bist durch Sünde und moralisches Elend geschritten und hast in der Welt die leuchtende Spur unberührter, wundersamer Schönheit zurückgelassen; verborgen trugst du Gottes unantastbares Heiligtum der Liebe.

Er hatte dich in Besitz genommen und dein Antlitz geformt: Es strahlte das schattenlose göttliche Licht wider.

Maria, wir warten auf den Tag, da wir in diesem Licht dein Antlitz schauen. Wir wollen gläubig deine Schönheit betrachten und unseren irdischen Blick mit deinem Glanz erfüllen.

Deine vergeistigte Schönheit soll uns entzücken und uns arme Sünder mitreißen, nach deiner Vollkommenheit zu streben.

Jungfrau voll der Gnade

Du scheinst im Widerschein der göttlichen Vollkommenheit so weit von uns entfernt zu sein, in unzugänglicher Höhe; doch du bist uns ganz nahe. Du hast das Privileg der Unbefleckten Empfängnis für uns erhalten.

In dir wohnt zwar die Fülle der Gnade; aber sie soll in uns überströmen und uns mit deinem Leben vereinigen.

In dir erkennen wir, wie die Allmacht Gottes ohne unser Verdienst Heiligkeit in uns bewirkt.

In dir ahnen wir die große Liebe Gottes, die sich überschwenglich in uns ergießen will.

In dir verstehen wir auch den Willen des Herrn: Er will uns umwandeln in Werkzeuge für eine bessere Welt.

In dir erklingt der Ruf zur Heiligkeit; er gilt der ganzen Welt und jedem von uns.

In dir siegt das Gute über das Böse; auch uns ist es möglich, den Versuchungen zu widerstehen und die Macht der Sünde zu überwinden.

Die Gnade deiner Unbefleckten Empfängnis adelt alle Menschen und erhöht die Welt. Möge sie uns mit Vertrauen und Freude erfüllen und uns öffnen für die Vollkommenheit, die Gott uns schenken möchte.

Darstellung

Maria, du hast dich ganz hingegeben

So hochherzig, daß du nicht das Geringste für dich behieltest. Gottes erstem Ruf gabst du gleich dein Ja, so wie ein Mensch seine Liebe gesteht.

Kindheit und Jugend gabst du Gott hin; in seinen Händen erschloß sich dein Leben zur Reife. Er besaß vor dem Lebenssommer den Duft eines Frühlings.

Du gabst alles: mit der Blüte das Blatt, den Stengel und die Wurzel; und als du die Gabe brachtest, schenktest du die Vase mit kristallklarem Wasser dazu.

Demütig lächeltest du Gott zu und öffnetest ihm dein Inneres.

Bis zum Rand fülltest du die Schale mit Liebe; sie gießt sich aus und fließt über.

Alles hast du ausgeliefert, aber auch alles gewonnen:
Als du die Schale opfertest, empfingst du die nie versiegende Quelle;
als du die Vase reichtest, barg sich der göttlich Gast in ihr;
als du den Frühling brachtest, waren alle Gezeiten der Ewigkeit dein eigen;
als du die Blume gabst, empfingst du die Frucht.

Verkündigung

Maria, du hast geglaubt

Darum warst du glücklich.

Du vertrautest der Botschaft des Engels: Teile das Glück des Glaubens mit uns.

Du zweifeltest nicht einen Augenblick an dem Wunder, das die göttliche Liebe in dir wirken wollte: Lehre uns die wunderbare Umwandlung erkennen, die göttliche Liebe in den Menschen bewirkt.

Du glaubtest kühn, daß bei Gott kein Ding unmöglich ist: Laß uns fest rechnen mit der göttlichen Allmacht, der nichts unmöglich ist.

Je schwächer und kleiner du dich fühltest, um so überzeugter glaubtest du: Hilf uns, unerschütterlich zu glauben, wenn wir unser Elend und unser Unvermögen empfinden.

Du glaubtest an Jesus, ehe du ihn durch den Glauben in dir empfangen hattest: Teile uns den unzerstörbaren Glauben an Christus mit und öffne uns seiner Gegenwart in uns.

Möge unser Glaube der Größe des Lebens entsprechen, das der Herr uns mitteilen will. Er möge uns befähigen, an allen Wundern mitzuwirken, die er in uns und anderen wirken will.

Maria, du Magd des Herrn

Als der Engel dir die Gottesmutterschaft verkündete, antwortetest du nur: „Siehe, ich bin die Magd des Herrn."

„Magd" drückt das Wesentliche in dir aus, die Grundhaltung deines Innern von Anfang an. Dein Leben hindurch wolltest du nur dienen.

Nie hast du dich auf die Größe deines Sohnes berufen,
um deine Würde zur Geltung zu bringen,
nach einem höheren Rang zu trachten,
Rücksichten zu beanspruchen,
erhabene Gedanken der Selbstbetrachtung zu nähren.

Im Gegenteil:
Du hast dich um so tiefer erniedrigt, je besser du die Größe des Wunders erfaßtest, das Gott in dir wirkte. Du dientest in nie versagender Demut dem, der so Großes in dir tat.

Entzünde in uns mehr Eifer, Gott zu dienen, mehr Freude, um in Demut uns zu unterwerfen, je verlassener wir uns fühlen.

Mache gute und treue Knechte aus uns, die sich still und großmütig hingeben aus Liebe zum Herrn.

Möge dein Ideal das meine Sein:
niemals herrschen, sich vordrängen wollen, sondern – **dienen.**

Heimsuchung

Du schreitest eilig dahin, Maria

Ich bitte dich, wandere nicht allein über die Höhen Judäas. Du strahlst ein beglückendes Geheimnis aus: Teile es mit mir.

Geh nicht allein. Nimm mich mit hinein in die Glut deiner inneren Freude. Ich mühe mich, ebensoschnell zu gehen wie du; in deinem Eifer, mit dir, werde ich es können. Gerade hast du Jesus empfangen; du trägst ihn so beschwingt, weil er es ist, der dich trägt.

Laß mich in die Einfachheit deiner Gedanken eindringen und in das Schweigen deiner inneren Schau.

Lehre mich, wie du nur eine Sorge zu haben: **Christus.** Ich sehne mich danach, in die Vertrautheit mit dem Erlöser einzudringen, von der du erfüllt bist. Gib mir Anteil an der Fülle des Heiligen Geistes; am verborgenen Strom seines Lichtes, seiner Liebe und seiner Freude, die dich überströmen.

Erlaube mir, dich so mein Leben hindurch zu begleiten. Jeden Augenblick brauche ich die innige Vertrautheit mit dem Herrn und das innere Frohlocken seiner Gegenwart. Laß mich immer an deiner Seite gehen, eifrig mit dir schreiten, vom göttlichen Erlöser getragen. Dann singe ich am Ende des Weges, beim letzten Zusammentreffen mit dir, mein Magnifikat!

Du strahlst den Herrn aus, Maria

nachdem du ihn gerade empfangen hattest. Er drängte dich, ihn den Menschen zu bringen. Kaum warst du seine Mutter, da wurdest du sein Apostel.

Mit ihm machtest du die erste apostolische Wanderung. Eilig gingst du zu Elisabet, um Gott, der dich erfüllte, ihr mitzuteilen.

Wir haben dich gebeten, uns mit Jesu Gegenwart zu erfüllen. Nun bitten wir dich, ihn mit deiner Hilfe anderen Menschen zu bringen.

In der Glut des Geistes, der dich erfüllte, führe uns den Menschen entgegen. Gib, daß bei diesen Begegnungen das Sündhafte in uns verschwinde vor der Gegenwart des Herrn. Laß die Menschen die Berührung mit dem Herrn empfinden, der in uns lebt und wunderbar Erleuchtung und Heiligung ausströmt.

Flöße uns deinen Eifer ein, Heilige Jungfrau. Gib unseren apostolischen Bemühungen durch den unmittelbaren Einfluß Jesu Erfolg. Mach uns zu gefügigen Werkzeugen des Erlösers, dem wir ganz gehören. Möge Christus durch uns die Menschen berühren und umwandeln.

Maria, du strahlst deinen Sohn aus. Laß auch uns Träger seines Lichtes werden!

Geburt des Herrn

Maria, Mutter des Erlösers

Gott erwählte dich, Christus zu empfangen; du warst freudig und froh dazu bereit: Hilf auch uns, ihn liebend aufzunehmen.

In deiner großen Armut konntest du ihn nur in deine warme Mütterlichkeit einhüllen: Lehre uns, ihn trotz unserer inneren Armut liebend zu umfangen!

Du brachtest uns in deinem menschlichen Fleisch seine göttliche Gegenwart: Gib, daß wir uns dieser Gegenwart ganz öffnen, uns von ihr durchdringen und einnehmen lassen.

Beschwingt weihtest du dein ganzes Leben dem Dienst des Erlösers: Lehre uns, ihm unser Leben zu weihen und ihm ohne Berechnung zu dienen!

Du erzogst den Messias für die Menschheit:
Gib, daß wir ihn empfangen und bewahren,
um ihn anderen geben zu können.

Maria, Gottesträgerin

Laß uns Jesus sehen. Laß ihn uns sehen mit deinem klaren, reinen und hellen Blick. Laß uns so sein Antlitz betrachten, seinem Blick begegnen, durch seine Augen in sein Inneres schauen und hinter seinen menschlichen Zügen seine Gottheit entdecken.

Laß uns Jesus hören. Lehre uns schweigen, damit wir seine Stimme vernehmen. Laß sie bis in die Tiefe unseres Wesens dringen.

Laß uns begreifen, was seine geheimnisvolle Sprache sagen will.

Laß uns in seinen Worten dem Schlag seines Herzens lauschen.

Laß uns Jesu Gegenwart erspüren, den Hauch der Liebe atmen, der ihm entströmt.

Laß uns den unsichtbaren Reiz der Begegnung mit ihm erfahren, und seine Schönheit, die ganz verborgen bleibt.

Laß uns Jesus kosten, den Zauber seines sanften, demütigen Wesens.

Laß uns seine zarte Zuneigung, sein Wohlwollen empfinden und immer lieber in seinem Frieden und seiner Vertrautheit bleiben.

Lehre uns Jesus berühren; wir sehnen uns danach, die Wirklichkeit unseres Glaubens zu betasten. Laß uns ihm nahekommen. Unsere Hände möchten nehmen; gib mir vielmehr, daß seine Hände uns nehmen, uns umfassen und uns zu seinem Eigentum machen.

Gib, daß wir alles, was wir von deinem Sohn sehen, erlauschen, empfinden, berühren und verkosten, für immer im Herzen bewahren.

Darstellung Jesu

Maria, voll Eifer in der Hingabe

stelltest du deinen Sohn im Tempel dar. Der Himmel, Gott selbst freute sich: Zum ersten Mal sah er in deinen Armen ein mütterliches Opfer ohne Rückhalt, die Ganzhingabe eines Herzens. Du opfertest in innerer Begeisterung der Liebe das Liebste auf Erden, dein einziges Gut, das Kind, dessen unschätzbaren Wert der Engel offenbarte.

Glücklich trugst du ihn in deinen Armen. Aber du behieltest ihn nicht für dich: freudig überließest du ihn den Händen Gottes.

Ich möchte wie du diese Hingabe in mir vollziehen, Maria. Alles, was Gott mir gibt, will ich ihm ohne Rückhalt zurückgeben, statt es selbstsüchtig für mich zu behalten.

Ich möchte ihm vor allem schenken, was mir am liebsten, am wertvollsten ist. Hilf mir, frische, frohe Beschwingtheit in meine Gabe zu legen.

Lege du sie wohlwollend mit mütterlichem Lächeln in Gottes Hände, damit sie in ihm ungeahnte Fruchtbarkeit empfange!

Maria, das Schwert der Schmerzen

durchdrang in der Verheißung Simeons dein mütterliches Herz. Es sollte dich in das Geheimnis deiner Sendung als Miterlöserin einführen. Gib, daß auch wir erleuchtet werden über unsere Teilnahme am Erlösungsopfer deines Sohnes.

Als Mutter stellte dich diese Vorhersage von Anfang an unter das Zeichen des Kreuzes. Hilf uns erfassen, daß unser Leben um so enger mit dem Opfer verbunden ist, je mehr wir uns an den Erlöser binden.

Gott liebte dich sehr, aber er schonte dich nicht. Er bohrte schon 30 Jahre vor dem Opfer auf Golgota durch die Verheißung Simeons das Schwert in dein Inneres: Laß uns verstehen, daß Leid als Gabe Gottes ein Zeugnis seiner Vaterliebe zu uns ist.

Du entzogst dich dem verheißenen Schwert nicht; du öffnetest dich weit, bereit, dich immer dieser inneren Marter darzubieten.

Hilf, daß wir dem göttlichen Schwert nicht entfliehen, sondern uns ihm großmütig darbieten als Werkzeug seiner Liebe.

Nach der Prophezeiung Simeons empfingst du Jesus wieder in deinen Armen. Mütterlich hast du ihn umfangen; denn das Schwert der Schmerzen, das dir dein Kind entreißen würde, vereinigte dich noch inniger mit ihm.

Gib, daß jede Prüfung in unserem Leben uns fester an Jesus bindet.

Jesus wiedergefunden

Maria, du hast angstvoll

deinen Sohn gesucht. Lehre uns, Jesus mit großer Sehnsucht und eifrig zu suchen, so wie du ihn gesucht hast.

Lehre uns, ihn mit inniger Liebe und dem verzehrenden Wunsch zu suchen, an seiner Gegenwart teilzuhaben.

Lehre uns, ihn zu suchen als unser einziges Gut, unsere große Liebe und Hoffnung.

Lehre uns, nie mutlos zu werden, wenn er sich in Dunkelheit und Ferne suchen läßt.

Lehre uns, unsere Gedanken und Handlungen auf ihn auszurichten. Er möge das einzige Ideal unseres Lebens sein.

Lehre uns, wie wir ihn finden, wie wir ihn plötzlich ganz nahe entdecken können, unser Friede und unsere Freude.

Lehre uns, ihn in der Stille, in der Sammlung, im Gebet zu finden.

Lehre uns, seine eucharistische Gegenwart im Tabernakel zu entdecken.

Lehre uns, ihn in dem Tempel zu finden, den er selbst in uns aufgerichtet hat, in unserem Innern.

Lehre uns, ihn in Schmerz und Opfer zu finden.

Lehre uns, ihn in allen Ereignissen unseres Lebens zu finden – immer.

Lehre uns, in ihm unsere Sehnsucht zu stillen nach der Schau und dem Besitz des Unendlichen.

Nazaret

Maria, du opferst im Verborgenen

Dein Leben weist keine Großtaten auf, keine in den Augen der Menschen auffallenden Werke.

Dein Tun erschöpfte sich in schlichter, gewöhnlicher Hausarbeit. Aber du hast die unansehnliche Arbeit mit außergewöhnlicher Liebe getan und so deinem Leben hohen Wert verliehen.

Die kleinen Werke hast du dem Herrn geopfert; nur ihm wolltest du in deinem verborgenen, tapferen Eifer gefallen.

Dein Wille wankte nie, immer liebtest du Gott, das verschönte dein Leben und machte es vollkommen. Erinnere uns stets daran, daß unsere Handlungen nur durch unsere Absicht Wert erlangen. Nicht, **was** wir tun, ist bedeutsam, sondern **wie** wir es tun.

Wenn unsere Arbeit sehr einfach ist und an deren sogar verächtlich erscheinen könnte, lehre uns, daß sie sehr kostbar werden kann durch den Geist der Liebe, in dem wir sie verrichten.

Laß uns fest glauben, daß Gott all unserer Arbeit Größe und Fruchtbarkeit verleiht.

Kana

Das Wunder, Maria

das den Brautleuten zu Kana in einer ausweglosen Lage half, war **dein** Wunder: Du hast mit deiner Fürbitte die Wunderkraft deines Sohnes wirksam gemacht. Rette auch uns aus Schwierigkeiten, sichere uns den göttlichen Beistand, auch ohne daß wir es wissen.

Durch dich kam die Stunde der Offenbarung des Erlösers und das Wunder seiner Güte früher. Laß auch uns in dringenden Anliegen die Stunde der Gnade früher erleben und erwirke uns immer neue Beweise für die Barmherzigkeit des Herrn.

Du glaubtest an Jesus mit großer Kühnheit und zwingender Ausdauer. Ziehe uns mit auf dieser Spur und flöße unseren Gebeten kühnes Vertrauen ein.

Sei für uns immer die „Jungfrau des Wunders"; greife in kritischen Situationen ein und bringe verfahrene wieder in Ordnung. Erbitte außergewöhnliche Vergünstigungen für uns, tue Unmögliches, wenn du uns in trostloser Lage siehst.

Erwirke vor allem innere, verborgene Wunder, geistliche Bekehrungen. Bitte deinen Sohn, das natürliche Wasser unseres Wesens in edlen, übernatürlichen Wein der Liebe zu verwandeln und uns randvoll anzufüllen mit einem Übermaß an Gnade.

Golgota

Maria, voller Leid

bist du die Mutter des Herrn in grausamer Prüfung: Marter und Tod deines einzigen Sohnes mußtest du ertragen. Hilf uns verstehen, daß die Vorsehung Leiden nicht als Strafe schickt, sondern als Gaben der göttlichen Liebe. Gott legt die Last grausamer Leiden oft jenen Menschen auf, die ihn am meisten lieben.

Hilf uns, die Leiden des Lebens ohne Auflehnung und Klage anzunehmen und die Last des Kreuzes ohne Bitterkeit, in demütiger Unterwerfung zu tragen. So hast du alles auf dich genommen in liebender Hingabe an die Führung Gottes.

Hilf uns, unsere Leiden dem himmlischen Vater aufzuopfern und sie standhaft mit dem leidenden Erlöser zu tragen.

Lehre uns, die Hingabe ganz zu vollziehen und dabei an das Heil der Welt zu denken, besonders an jene Menschen, die in unserer Großmut ein Leitbild finden könnten.

Hilf uns zu leiden, wie du gelitten hast: im Glauben, in der Liebe und in dem festen Vertrauen, daß alle Leiden sich in ewige Freude verwandeln werden.

Maria, mütterliche Jungfrau

Denke daran, daß du am Fuße des Kreuzes unsere Mutter geworden bist.

Erinnere dich an das letzte Wort deines Sohnes vor seinem Tod: „Frau, siehe da deinen Sohn!" So vertraute er dir seinen großen Wunsch an.

Du bist ihm durch tiefe Liebe verbunden. Denke an seine verlöschende Stimme und an dein zweites Fiat, deine volle Einwilligung.

Wir flehen dich an, dich daran zu erinnern, denn wir sind uns bewußt, wie oft wir unsere Kindespflichten dir gegenüber vergessen.

Auch wenn wir vergessen, daß Jesus uns gebeten hat, dich als unsere Mutter zu ehren, denke du daran, daß er uns deiner Liebe und Sorge anvertraut hat im ergreifendsten Augenblick seines Lebens. Wache in dieser Sorge ständig über uns, mach unser Versagen gut und stehe uns in allem Elend bei.

Erinnere dich an die gebrochene Stimme Jesu, den letzten Schrei seiner Liebe. Mit der Liebe, die dich zu deinem Sohne drängt, neige dich über uns. Gib dich uns in jedem Augenblick so, wie du dich uns zum erstenmal auf Golgota gabst.

Auferstehung Jesu

Maria, freudenvolle Mutter

Du hast mit dem auferstandenen Herrn die Fülle göttlicher Freude empfangen. Öffne uns dem Strom dieser Freude.

Sie drang so stürmisch in dich ein, weil dein Opfer so groß war: Gib, daß wir großmütig Opfer bringen und immer größere Freude empfangen.

In dir überwand die Freude jeden Schmerz: mach, daß übernatürliche Freude alle Kümmernisse, Schwierigkeiten und Sorgen in uns besiege.

Die neue Freude des Auferstandenen blieb immer in dir: Lehre uns, das immerwährende Glück, das der siegreiche Erlöser auch uns schenkt, zu pflegen und zu bewahren.

Deine Freude war nicht nur Gemütsbewegung, sondern Einbruch göttlichen Lebens. Es ist stärker als Tod und seine Liebe mächtiger als aller Haß. Gib, daß unsere Freude aus dieser Liebe und diesem Leben aufbricht.

Die sieghafte Liebe Christi bemächtigte sich deines Wesens: Laß diese Freude in unser Wesen strömen.

Deine Freude strahlt aus: Laß auch unsere Freude ausstrahlen und sich als Gnade dem Nächsten mitteilen.

Pfingsten

Maria, Braut des Geistes

Einmütig und beharrlich hast du im Abendmahlssaal mit den Jüngern gebetet: Bete auch mit uns! Öffne uns weit dem Kommen des Heiligen Geistes.

Deine Gegenwart rief auf die erste christliche Gemeinde den Heiligen Geist herab: Sei uns immer gegenwärtig, damit der Heilige Geist gerne in uns wohne.

Dein glühendes Beten bereitete die Apostel vor, sich von der milden Macht der Liebe des Geistes ergreifen zu lassen: Bereite auch uns durch deine Bitten auf ein neues Pfingsten vor. Bereite uns, damit wir uns dem Wehen des göttlichen Geistes öffnen.

Der Heilige Geist fand in dir die ideale Mitarbeiterin im Geheimnis der Menschwerdung und in seinen Auswirkungen auf die Menschheit: Hilf uns, wie du mitzuarbeiten am Kommen Christi in diese Welt.

In dir entzündete der Heilige Geist apostolischen Eifer; du wandtest all deine Opfer der Kirche und der menschlichen Gemeinschaft zu: Mach, daß wir durch die Kraft des Geistes zu Aposteln werden, von dem Wunsch beseelt, dem mystischen Leib zum Wachstum zu verhelfen.

Mariens Aufnahme in den Himmel

Maria, ganz glorreich

wurdest du in den Himmel aufgenommen, in die vollkommene Seligkeit, wo dein Sohn dir auf ewig gehört.

Mit Leib und Seele wollte der Herr dich in die ewigen Wohnungen aufnehmen, sollte seine Vereinigung mit dir, wie sie auf Erden bestand, auf ewig währen.

Deine Aufnahme in den Himmel besiegelt deine Vertrautheit mit dem Herrn und vollendet deine Weihe. Rückhaltlos gehörtest du ihm auf Erden; darum gehörst du ihm endgültig und unlösbar im Himmel in überströmender Freude.

Hilf uns, deinen Spuren zu folgen. Lehre uns, in Vertrautheit mit dem Herrn leben; sie ist die einzige Quelle des Glücks.

Laß uns Christus angehören mit der Kraft des Willens und der Zartheit der Liebe.

Forme in mir ein von Christus erfülltes Heiligtum, damit meine Gedanken und Werke von seiner Gegenwart geprägt werden.

Ich möchte wie eine lebendige Flamme der Liebe für Christus sein. Ich möchte eines Tages ganz durchdrungen und verzehrt werden von dieser Liebe. Ich möchte für immer von der Freude des Vielgeliebten leben – ein wenig wie du bei deiner Aufnahme in den Himmel.

Maria, heilige Jungfrau, gib mich dem Herrn, damit der Herr sich mir geben kann in der Seligkeit der Ewigkeit.

Maria in unserem Leben

Morgengebet

Maria, du strahlst Hoffnung aus

Ich lege diesen unberührten, reinen Tag in deine Hände: Bringe du ihn dem Herrn dar, erfüllt von Verheißungen und beladen mit vielen Möglichkeiten der Liebe. Bringe ihn Gott dar, wie du ihm dein Kind geschenkt hast. Dann wird dieser Tag erfüllen, was er verspricht.

Alles, was dieser Tag mir an Opfern und Arbeit, an Erschütterungen und Ruhe, an Leid und Freude bringen wird, lege ich im voraus auf den Altar deines Sohnes.

Bringe Gott meine Wünsche, meine Sehnsucht nach einem großmütigen Leben, die

Angst vor meiner Feigheit, meinen Willen, das Gute zu tun, meine Schwäche vor dem Bösen; aber bringe ihm auch meine einzig auf die Gnade gründende Hoffnung.

Unterstütze meinen Entschluß, Gott aus allen Kräften zu lieben, ihm nichts zu verweigern, jeden Augenblick dieses Tages so anzunehmen, wie seine allmächtige Hand ihn mir darbietet, und für sein heiliges Wohlgefallen ganz aufgeschlossen zu sein.

In der Mitte des Tages

Maria, du bist so gesammelt

Am Mittag will ich in deiner Gegenwart innehalten, dich anschauen und für einen Augenblick bei dir ausruhen.

Dann will ich alles vergessen, meine Besorgnisse zurückstellen und mich der Betriebsamkeit meiner Arbeit entziehen.

Bei dir will ich an das einzig Notwendige denken, an den Herrn, den ich lieben soll.

Bei dir will ich von neuem eintauchen in die göttliche Liebe, die mein Leben lenkt, will mich neu hingeben in die liebenden Hände des Vaters.

Bei dir finde ich Stille und Frieden, das ruhige, verborgene Glück der Vertrautheit mit Gott.

Bei dir schöpfe ich neuen Mut, begeistere ich mich wieder für den Dienst des Herrn.

Blicke huldvoll auf den Morgen, der zu Ende geht, und auf den Nachmittag, der beginnt. Hilf meinen Plänen und Wünschen mit deiner mütterlichen Güte.

Abendgebet

Maria, du nachsichtige, gute Mutter

Zu dir komme ich heute abend und lege die Last des Tages, meiner Mühen und Arbeiten, vor allem die Last meiner Untreue und Schuld vor dem Herrn dir zu Füßen. Alles überlasse ich dir. Ich bitte dich, dem himmlischen Vater zu danken für die Fülle seiner Wohltaten. Bitte ihn um Verzeihung für meine Fehler.

Alles Lastende legte ich in deine mütterlichen Hände. Nun komme ich ein letztes Mal: Gewähre mir deinen wohlwollenden Blick, dein gütiges Lächeln, das du gerne deinen Kindern schenkst.

Der Tag hat mich müde gemacht; nun freue ich mich, am Abend liebende Zuflucht und freundliche Güte bei dir zu finden.

Dein verstehender Blick läßt mich alle Schwierigkeiten des Tages vergessen. Ich kann friedlich schlafen, du liebst mich und wachst über mich.

Diese Gewißheit tröstet mich so, daß ich dir trotz aller Müdigkeit noch zulächeln kann. In stiller Freude über deine zarte Liebe übergebe ich mich dem Herrn und lasse mein ganzes Wesen ruhen.

Stundengebet

Maria, Unsere Liebe Frau

In deiner Gegenwart und unter deinem Blick fühlen wir uns glücklich. Du bist unsere geliebte Mutter: schön in deiner Reinheit und gütig in deiner Liebe.

Wir blicken auf dich: Deine Heiligkeit erleuchte unser Leben und forme uns nach deinem Bilde.

Gib, daß wir uns für Gott opfern, wie du es getan hast. Lenke unsere Gedanken auf den Herrn und wende uns ihm zu. Unsere Hauptaufgabe, die einzige Beschäftigung unseres Lebens sollte sein, ihn zu lieben, unsere Handlungen nur ein Ziel haben, ihm zu gefallen und seinen heiligen Willen zu erfüllen.

Erflehe uns die Grundhaltung der Anbetung und Liebe. Hilf, daß wir uns mit allen Fasern unseres Wesens mit deinem Sohn, unserem Herrn Jesus Christus, vereinigen.

Gewissens- und Herzensbildung

Maria, du bist rein

Bilde in uns ein unbedingt gerades, lauteres Gewissen:

ein Gewissen, das nur eine Norm kennt, den göttlichen Willen, der in ihm widerklingt;

ein zuverlässiges und richtiges Gewissen, das sich nicht selbst täuscht durch Entschuldigungen und Umwege;

ein treues Gewissen, das festhält an heiligen Grundsätzen;

ein für die Verlockungen der Sünde unzugängliches Gewissen;

ein zartes Gewissen, das sorgfältig meidet, den Heiligen Geist in ihm auch nur im geringsten zu betrüben;

ein Gewissen, das sich von der Sehnsucht und dem Verlangen nach hoher Vollkommenheit leiten läßt;

ein wohlberatenes Gewissen, das richtig und mit übernatürlicher Weisheit urteilt;

ein betendes Gewissen, das Freiheit findet in den Geboten des Herrn und sich so entfaltet;

ein weitblickendes Gewissen, das zunächst darauf bedacht ist, Gott und dem Nächsten zu dienen;

ein Gewissen, das dem deinem gleicht, den Wert der Freundschaft mit Gott schätzt und alles aufbietet, um sie zu bewahren.

Maria, liebendes Herz

Erziehe uns; mach unser Herz dem Herzen deines Sohnes und dem deinen ähnlich.

Mach unser Herz glühend, damit es brennt, sich hingibt und verausgabt im Dienste einer großen Sache;

mach es weit und stark, hochherzig und entschlossen, alle Forderungen zu erfüllen;

mach es geduldig und fähig, viel zu ertragen und zu leiden, ohne zu klagen;

mach es edel und großmütig. Löse es los von eigenen Interessen, damit es sich vergißt in frohem Dienen;

mach es freundlich, teilnehmend für alle Freuden und Leiden anderer;

mach es liebenswürdig und zartfühlend, rasch bereit, die Wünsche des Mitmenschen zu erfüllen und durch Aufmerksamkeit Freude um sich zu verbreiten;

mach es bescheiden und schweigsam, bei allem Eifer und aller Tatkraft stets bereit, vor anderen zurückzutreten;

mach es treu, beständig in der Liebe, trotz aller Kämpfe und unvermeidlichen Opfer;

mach es zu einem von Christus erfüllten Herzen, das von seinem Leben und seiner Liebe lebt.

Maria, du milde Jungfrau

Lehre mich, aus tiefster Seele gut zu sein. Laß mich in dieser Güte im Nächsten seine guten und liebenswerten Eigenschaften entdecken. Schließe meine Augen vor seinen großen und kleinen Fehlern, laß mich sie entschuldigen.

Gib mir Güte, die im Mitmenschen Vertrauen weckt, ihm Hoffnungen einflößt, vor allem die Hoffnung auf Gnade;

gib mir Güte, die sich nach einer Abweisung oder Enttäuschung nicht verschließt;

Güte für alle, besonders für wenig anziehende oder wenig begabte Menschen;

Güte, die alle Beleidigungen vergißt und verzeiht;

entschlossene Güte, die der Großmut keine Grenzen zieht und bereit ist zu Zugeständnissen, um das gute Einvernehmen zu fördern;

Güte, die ja sagt zur Hingabe an alle Dienste und Arbeit;

Güte, die sich stets erneuert, wenn sie den Nächsten mit dem Blick der Liebe Christi anschaut.

Nachahmung Mariens – Vorbild der Vollkommenheit

Maria, du bist ganz gefügig

Hilf mir, in allen Lebenslagen nach deinem Beispiel Gott mein Ja zu sagen.

Für dich bedeutete jedes Ereignis Gottes Wille. Wenn er dir aufleuchtete, unterwarfst du dich ihm freudig. Jedes Ja sagtest du mit Lächeln, auch wenn sich ein Opfer in ihm verbarg. Du weihtest dich glücklich dem göttlichen Wohlgefallen.

Laß mich verstehen, daß kein Wort Gott mehr gefällt als das einfache, schnell gegebene Ja. Kein anderes Wort besitzt solchen Wert. In ihm drückt sich die schöne Gelassenheit der Liebe aus.

Erlange mir die Gnade, dieses Ja oft in meinem Leben zu sagen, es in Schwierigkeiten und Prüfungen zu wiederholen: aus ganzen Herzen, rückhaltlos und ohne Bedingungen zu stellen.

Mache aus meinem ganzen Leben und aus meinem Tod ein dem Herrn freudig geschenktes Ja.

Maria, unbefleckte Jungfrau

Gott hat dich vor jedem Makel bewahrt. Du widerstandest entschieden jeder Neigung zur Sünde. Teile deinen Abscheu vor dem Bösen mit uns.

Laß uns die Sünde meiden, weil sie Gottes unendliche Liebe und Güte beleidigt.

Laß sie uns zutiefst verachten. Sie ist ja nicht nur Scham und Schande für uns, sondern vor allem Verrat an der Liebe zum Herrn.

Laß uns alles fliehen, was die vertraute Freundschaft verletzt, die Christus uns anbietet; hilf uns, sorgfältig zu vermeiden, was seiner Güte mißfällt.

Wir nehmen uns vor, der Versuchung um keinen Preis nachzugeben. Mache uns so zartfühlend, daß unsere Vertrautheit mit dem Herrn und unser Gespräch mit ihm nicht kühler wird, daß sich kein Mißton einschleicht.

Vermehre in uns die Sorge, jede Unvollkommenheit aus unserem Verhalten fernzuhalten. Der Herr soll in uns wie in dir eine ihm angenehme Wohnstatt finden, einen echten Ort der Ruhe.

Maria, großmütige Jungfrau

Du gabst dem Herrn alles. Tag um Tag erneuertest du deine Hingabe; niemals nahmst du etwas zurück.

Deine Großmut kannte keine Schranken; du schenktest alles zurück, was Gott dir gab. Kaum trugst du deinen Sohn in deinen Armen, da brachtest du ihn dem Vater dar. Als Mutter lebtest du ständig in dieser heldenhaften Opferhaltung.

Nie zögertest du vor der gänzlichen Hingabe. Hilf uns, deine Großmut nachzuahmen. Unser Herz ist oft kleinlich; laß uns nicht mehr rechnen und abgrenzen, wenn Gott Opfer verlangt. Nimm die Furcht vor der Selbstverleugnung von uns. Mach uns der Vorsehung gegenüber großzügig und gelassen. Flöße uns so viel Mut ein, daß wir mit Freude alles opfern und nicht zurückweichen.

Gib, daß wir den Sinn unseres Lebens durch Geben erfüllen. Hilf uns verstehen, daß es Glück und Ehre bedeutet, Gott alles zu geben. Laß uns in dieser Hingabe durch die Prüfung hindurch bis zum äußersten gehen.

Mach uns als deine Kinder so großmütig, daß wir dir ähnlich werden.

Maria, du bist erstaunlich einfach

Gib uns Anteil an dieser Einfachheit.
Auf Erden ahnte kaum jemand etwas von deiner Größe und Gnadenfülle, so einfach, entgegenkommend und durchsichtig verhieltest du dich. Du richtetest alles einzig auf die Liebe aus. Du handeltest ganz gerade, ohne ersichtliche Anstrengung gabst du dich hin. Du kanntest die Verstrickungen der Eigenliebe nicht. Aufwallungen von Empfindlichkeit, heimliche Bestrebungen von Ehrgeiz, leidenschaftliche Begierde, sich auf versteckte Weise Befriedigung zu verschaffen, berührten dich nicht.

Hilf mir, mich demütig Gott zu überlassen, hinter alle Geschöpfe zurückzutreten und so die Schwierigkeiten des täglichen Lebens zu lösen. Lehre mich, mich so zu vergessen, daß alles Schwere schwindet und sich mein Verhalten von innen her vereinfacht.

Gib, daß meine Hingabe an den Herrn immer selbstverständlicher werde und meine Gabe für den Nächsten sich immer mehr läutere.

Maria, starke und mutige Jungfrau

Flöße uns echten Mut ein. Er zeigt sich nicht als plötzlicher, mächtiger Antrieb oder ehrgeiziges Drängen, sondern als innere Kraft eines liebenden, sich hingebenden Menschen.

Flöße uns demütigen, beständigen Mut ein; er allein hält durch in den Forderungen des Alltags und bringt im Verborgenen seine Opfer.

Solchen Mut hast du bewiesen, Maria. Er entsprang deiner strengen Jungfräulichkeit, deiner ungetrübten Reinheit, deinem Schweigen, deiner Verborgenheit, der Einfachheit deines Lebens, deines namenlosen, still verhaltenen Leidens unter dem Kreuze deines Kindes.

Du bleibst für uns das Beispiel eines männlich starken, unauffälligen Mutes, den die Prüfung nicht erdrückt, der durch seine Treue siegt.

Wenn wir verzagt und feige werden, dann belebe unseren Mut. Mach uns wieder fähig zu großmütigen Taten und heldenhafter Hingabe.

Laß uns wie du mutig sein durch Gottes Kraft, nicht durch menschliche. Laß uns nicht vor den Augen der Menschen, sondern vor Gott unseren Mut beweisen, einzig aus Liebe.

Maria, friedvolle, frohe Jungfrau

Begründe uns in dem Frieden, den dein Sohn durch seinen Erlösungstod uns Menschen verdient hat.

Du empfingst die Freundschaft Gottes gleich zu Beginn deines Lebens durch das Privileg deiner Unbefleckten Empfängnis. Seitdem bewahrtest du den inneren Frieden in der unerschütterten Gewißheit, daß Gott dich liebt.

Trotz aller Beschwerden und Schwierigkeiten deines Lebens erhielt diese Überzeugung die Freude in dir lebendig. Selbst in der Angst und Qual des Kreuzes blieben dein Glaube und deine Hoffnung voll verborgenen Friedens.

Wir regen uns bei unvorhergesehenen Leiden und Ereignissen oft auf und lassen uns aus der Bahn werfen. Versetze du uns dann immer wieder in die Grundhaltung innerer Freude, die Ruhe findet in der Liebe des

Herrn. Entspanne die allzu heftigen nervösen Erregungen unseres Wesens und hilf uns, vertrauend auszuharren.

Du ganz ruhige Jungfrau hast in Nazaret deinen Frieden ausgestrahlt. Es genügte, dich anzuschauen, um wieder ruhiger atmen zu können. Teile mit uns deine Liebe, aber auch deine tiefe, nicht zu störende Ruhe.

Weite durch innere Freude unsere in Sorgen eingefangene Seele. Befreie uns von allen Ängsten, damit wir friedlich und dadurch liebender werden.

Maria, liebenswürdig geduldige Jungfrau

Du hast dich nie durch eine Regung der Ungeduld fortreißen lassen. Lehre uns, in besonders schwierigen Augenblicken immer beherrscht zu bleiben. Laß uns nicht dem Zorn oder der schlechten Laune nachgeben.

Hilf uns, in entschlossener Liebe Geduld zu bewahren, um von seiten des Mitmenschen alles zu ertragen. Laß uns in seinem Dienst rücksichtslos die Eigenliebe opfern.

Komm uns zu Hilfe, wenn wir Unzufriedenheit, Ärger und Vorwürfe äußern oder auf beleidigende Worte und Handlungen heftig antworten möchten. Erlange uns den Mut, lieber zu schweigen, als ein verletzendes Wort auszusprechen. Laß uns alle Ungeduld durch größere Liebe und zarte Aufmerksamkeit gutmachen.

Jedem Menschen schenktest du auserlesene Liebenswürdigkeit. Mach uns unermüdlich besorgt darum, liebenswürdig gegen alle zu sein. Laß uns so ihre Freude mehren, daß sie die Liebe Christi und seine große Güte spüren.

Maria, Jungfrau voll Vertrauen

In grenzenlosem Vertrauen öffnetest du dich dem Herrn. Lehre uns das Vertrauen, das seine Hoffnung auf Gott setzt und ausschließlich von der göttlichen Allmacht die Erfüllung von Wünschen erwartet. Als besorgte Mutter siehst du unsere kleinlichen Aufregungen und zu menschlichen Befürchtungen. Du bist Zeuge der entmutigten Mattigkeit, die oft auf unsere Vermessenheit folgt, weil wir unser Vertrauen auf die eigene Kraft setzten.

Wir müssen alle Mittel zum Handeln benutzen; du aber hilf uns, den Erfolg unserer Anstrengung nicht von uns, sondern einzig von Gott und seiner Gnade erwarten.

Gib, daß dieses Vertrauen durch unsere Fehler nicht geschwächt wird. Bewahre uns nach einem Fall vor Entmutigung. Rege uns vielmehr an, um so mehr Kraft in der göttlichen Stütze zu suchen, je mehr wir unsere Schwäche erfahren.

Maria, Mutter, Mittlerin, Königin

Maria, Mutter der Menschen

du unsere Mutter. Die Mutter gehört den Kindern. Darum sind wir so glücklich: Wir haben dich!

Du gehörst uns mit deiner ganzen Güte, deiner ganzen Reinheit, deiner Heiligkeit. Alles, was dich bewundernswert macht, alles, was dich über die Geschöpfe erhebt – all das gehört uns in dir.

Alles, was Gott dir gibt, ist in dir unser Reichtum, alle Ehre, die er dir erwiesen, unser Stolz. Die Lauterkeit deines Wesens teilt sich uns armen Sündern mit.

Deine Mütterlichkeit gehört dir für immer.

Alle Schätze deiner Zartheit und Kraft stehen uns uneingeschränkt zur Verfügung.

Deine Schönheit, deine Milde und dein Erbarmen sind uns unwiderruflich geschenkt und werden uns nie mehr genommen.

Dein Lächeln und dein Trost begleiten uns, wo wir auch sein mögen.

Du hast Macht über das Herz deines Sohnes; wir besitzen sie, denn sie wurde dir für deine Kinder gegeben.

Deine ganze Persönlichkeit gehört uns; nichts kann sie uns rauben.

Du bist unser, geliebte Mutter, du bist unser ohne Einschränkung und ewig.

Mach uns weit, damit unser Herz dich besser aufnehmen und bewahren kann in Liebe, Dank und Freude.

Maria, Mittlerin aller Gnaden

Der Herr liebt deine Gegenwart. Du kannst ihm alles unterbreiten in der Gewißheit, königlich aufgenommen zu werden: Bringe ihm unsere Gebete, übergib ihm unsere Bitten.

Für deine Kinder kannst du alles erbitten und wirst alles erlangen. Es ist sogar deine Sendung, denn Gott wollte und will, daß du unaufhörlich Fürbitte einlegst für uns.

Er hat dich als Vermittlerin eingesetzt. Unsere Bitten sollen ihm durch deine Stimme vorgetragen werden, seine Gnaden uns durch deine mütterlichen Hände zufließen.

Du bist in deinem irdischen Leben Botin der Liebe gewesen: Bringe uns die Fülle der göttlichen Liebe. Durch deine Vermittlung möge unser Herz sich mit brennender Liebe füllen.

Gib uns vor allem den, der uns diese Liebe offenbart und geschenkt hat. Du bist die Mittlerin aller Gnaden, weil du uns den Urheber aller Gnaden gebracht hast: So erfülle uns denn mit deinem Sohn Jesus Christus.

Mit ihm möchten wir alles erhalten, um Gott besser zu dienen: Trost, Kraft für die Arbeit, Freude, Eifer für das Gute, Beistand in Schwierigkeiten, Mut in Prüfungen, Hilfe in Schwachheit.

In der mütterlichen Liebe, die uns all diese Wohltaten vermittelt, erkennen wir den rührenden Ausdruck der göttlichen Güte und Liebe.

Maria, Königin der Welt

Christus stellte dich an seine Seite, um seine königliche Macht mit dir zu teilen. Darum lieben wir dich nicht nur als unsere Mutter, sondern ehren dich auch als unsere Königin.

Wir neigen uns gerne vor deiner Macht; wir wissen, daß sie voll Güte und Erbarmen ist. Wir erkennen dich an als unsere Beschützerin, und so wirst du unsere Beschützerin.

Wir möchten, daß deine wohlwollende, milde Macht uns ganz in Besitz nehme: Sei Königin des Weltalls! Präge ihm die Spur deiner Güte auf und führe alle Menschen dem Erlöser zu.

Sei Königin in allen christlichen Häusern; schenke ihnen Frieden, gutes Einvernehmen, lebendiges religiöses Leben, Eifer und apostolischen Geist.

Sei Königin aller christlichen Gemeinschaften, aller Pfarreien, aller Gesellschaften, aller religiösen Vereinigungen, der Ordensleute, aller gottgeweihten Seelen; sei Königin aller Nationen.

Sie unser aller Königin. Nimm allen Platz ein in unserer Liebe, reiße uns mit, deinem Leitbild zu folgen.

Sei unsere geliebte Königin, damit Christus immer mehr unser geliebter König werde.

Inhaltsübersicht

In gleicher Ausstattung
sind im *Johannes-Verlag Leutesdorf* erschienen

Gottes Nähe Gebete
1983. 9. Auflage. 80 Seiten

Den Glauben beten
1986. 5. Auflage. 72 Seiten

Apostolisch Gebetsanregungen
1984. 3. Auflage. 72 Seiten

Christliche Grundwahrheiten
1984. 3. Auflage. 72 Seiten

In Hoffnung leben
1979. 3. Auflage. 90 Seiten

Geborgen
1989. 5. Auflage. 80 Seiten

Unser Vater
1982. 4. Auflage. 80 Seiten

Verlangen
1993. 3. Auflage. 80 Seiten

Zum Herzen Jesu Gebete
1991. 10. Auflage. 72 Seiten

Jesus Christus Gebete
1983. 3. Auflage. 72 Seiten

Vertrauen
1992. 4. Auflage. 88 Seiten

Über die Liebe
1985. 8. Auflage. 88 Seiten

Für die Welt Fürbittgebete
1975. 3. Auflage. 80 Seiten

Stets DIR zugewandt
1983. 2. Auflage. 72 Seiten

Ein Armer betet
1976. 72 Seiten

Friede
1993. 2. Auflage. 72 Seiten

JA Besinnliches Beten
1979. 56 Seiten

Leben im Licht
1975. 56 Seiten

Beten und Charisma
1985. 2. Auflage. 64 Seiten

Mit offenen Armen
1978. 64 Seiten

Danke
1985. 2. Auflage. 56 Seiten

Beten, um zu lieben
1988. 2. Auflage. 72 Seiten

Du rufst — ich antworte
1979. 72 Seiten

Mein Tag
1986. 2. Auflage. 44 Seiten

Von deinem Wort ergriffen
1983. 40 Seiten

Im Antlitz deiner Liebe
1983. 40 Seiten

Vierundzwanzig Stunden
1984. 40 Seiten

Der Augenblick
1984. 40 Seiten

Auf Treu und Glauben
1985. 48 Seiten

Sei getrost …
1985. 48 Seiten

Herr, hilf!
1985. 48 Seiten

Zärtliches Du, mein Gott
1985. 48 Seiten

Hab Mut!
1986. 2. Auflage. 40 Seiten

Nah deinem Herzen
1987. 40 Seiten

Jugendlich voran!
1989. 40 Seiten

Zu beziehen durch die *KSM*
Katholische Schriften-Mission, D-56599 Leutesdorf